This book is due for return by the last date shown above.
To avoid paying fines please renew or return promptly.

Portsmouth
CITY COUNCIL
LEISURE SERVICE

CL-1

North-South Books/Éditions Nord-Sud
also publish a version in French and English (hardback & paperback) of:

The Rainbow Fish / Arc-en-ciel, le plus beau poisson des océans, de Marcus Pfister
Rainbow Fish to the rescue / Arc-en-ciel et le petit poisson perdu, de Marcus Pfister

Autres titres publiés aux Éditions Nord-Sud/North-South Books en version bilingue
anglais/français (format broché ou relié):

The Rainbow Fish / Arc-en-ciel, le plus beau poisson des océans, de Marcus Pfister
Rainbow Fish to the rescue / Arc-en-ciel et le petit poisson perdu, de Marcus Pfister

Translated by Janet Shirley – Traduit par Anne-Marie Chapouton
© 2002 Éditions Nord-Sud, pour la présente édition bilingue
© 1987 Nord-Süd Verlag AG, Gossau Zurich, Suisse
Tous droits réservés. Imprimé en Belgique
Loi n° 49-956 du 16 juillet 1949 sur les publications destinées à la jeunesse
Dépôt légal: 3ᵉ trimestre 2002
Pour l'édition reliée: ISBN 3 314 21602 5
Pour l'édition brochée: ISBN 3 314 21603 3

Hans de Beer

Little
Polar Bear

Le voyage de
Plume

North-South Books   Éditions Nord-Sud

At the North Pole where everything is white, totally white, lived a little polar bear cub, and he was totally white too. His name was Lars. Today he's going out with his daddy in the snow for the very first time.

Au pôle Nord, où tout est blanc, tout blanc, vivait un petit ourson polaire, tout blanc lui aussi. Il s'appelait Plume.
Aujourd'hui, pour la première fois, il va se promener avec son papa sous la neige.

1

They reach the water's edge, and the father bear says to his son, 'You stay here and watch what I do.' All day long he shows Lars how to swim, how to dive, how to stay under water a long time and how to catch fish.
In the evening they share a big fish for their dinner.

En arrivant au bord de la mer, papa ours dit à son fils: «Reste là et regarde-moi faire.» Tout le jour, papa ours apprend à Plume à nager, à plonger, à rester longtemps sous l'eau et à pêcher.
Le soir venu, ils partagent un gros poisson pour leur dîner.

Soon it will be night time. Now the father bear teaches his son how to make
a big heap of snow to keep the wind off. And as Lars is very tired, he quickly
falls asleep in his snug shelter. But during the night the ice gradually begins
to break up. A big piece splits off and it floats away across the sea, taking Lars
with it, fast asleep beside his heap of snow.

Bientôt la nuit va tomber. Alors, papa ours apprend à son fils à faire un gros tas
de neige pour se protéger du vent. Et comme Plume est très fatigué, il s'endort
très vite, bien à l'abri. Mais, durant la nuit, la glace se met doucement à craquer.
Un gros morceau se détache et s'en va en flottant sur la mer, emportant Plume
endormi derrière son tas de neige.

When the sun rises, Lars is quite alone in the middle of the sea. All round
his small piece of ice, there's nothing white anywhere, and the air is getting
less and less cold. The piece of ice is melting fast. Soon there will be none left at all.

Quand le jour se lève, Plume se retrouve tout seul au milieu de l'océan.
Autour de son petit morceau de glace, toute la blancheur a disparu,
et il fait de moins en moins froid.
Le morceau de glace fond vite. Bientôt, il n'en restera plus du tout.

Luckily Lars notices a big barrel floating by. He throws himself into the water and swims the way his daddy showed him and reaches the barrel.
How hard it is to scramble up onto it, and to stay there, with the waves getting bigger and bigger! Lars clings on and thinks about his dad.

Heureusement, Plume aperçoit un gros tonneau qui flotte. Alors, il se jette à l'eau et nage comme son papa lui a appris, pour arriver jusqu'au tonneau.
Comme c'est difficile de grimper dessus et d'y rester, avec les vagues qui deviennent de plus en plus grosses! Plume se cramponne en pensant à son papa.

The storm blows over during the night and in the morning
Lars can see land in the distance. But it's land without any ice or snow!
It's almost all green, amazingly green. And how hot it is!
Lars gets carefully off his barrel and goes up the beach.

La tempête se calme pendant la nuit et, au matin, Plume aperçoit la terre
au loin. Mais c'est une terre sans glace ni neige. Presque tout est vert,
tellement vert! Et comme il fait chaud! Plume descend doucement
de son tonneau et avance sur la plage.

But what is this funny kind of yellow snow on the ground, burning his paws so horribly? Lars hurries back into the water to cool them down, but look, a huge brown animal comes out of it saying BOO!
Lars runs away.

Quelle est donc cette drôle de neige jaune sur le sol qui lui brûle terriblement les pattes? Vite, Plume retourne dans l'eau pour les rafraîchir, mais voilà qu'une énorme bête marron en sort en faisant BOUH!
Plume se sauve.

But it's not a dangerous animal. 'I didn't mean to frighten you,' he says to Lars.
'I'm Henry. What about you? Who are you? Why are you so white? Where
have you come from?' Then Lars tells him about his white country, his journey
on the piece of ice, and says he would really like to go home.

Mais l'animal n'est pas méchant. «Je ne voulais pas te faire peur», dit-il à Plume.
«Je m'appelle Hippo. Et toi? Qui es-tu? Pourquoi es-tu si blanc? D'où viens-tu?»
Alors, Plume lui raconte son pays blanc, son voyage sur un morceau de glace,
et lui dit qu'il aimerait bien retourner chez lui.

Henry can't quite understand his story – he's never seen ice or snow.
But he tells him, 'Marcus, the mountain eagle, is the only one who can
help you get home, he's travelled a lot and knows all sorts of things.
But to find him we'll have to cross the river, go through the jungle
and climb the mountains.' And as Lars still isn't very good at swimming,
Henry tells him not to worry – 'I'll take you on my back'.

Hippo ne comprend pas très bien son histoire: la neige, la glace,
il n'en a jamais vu. Mais il lui dit: «Dago, l'aigle des montagnes, est le seul
à pouvoir t'aider pour rentrer chez toi: il a beaucoup voyagé et connaît
des tas de choses. Seulement, pour le trouver, il faut traverser le fleuve,
marcher dans la jungle et escalader les montagnes.»
Et comme Plume ne sait pas encore tellement bien nager, Hippo lui dit
de ne pas s'inquiéter: «Je te prendrai sur mon dos.»

On the way Lars asks Henry a lot of questions. Everything is so new to him. Plants, flowers, trees, butterflies. And then there are so many colours! Climbing up a tree, Lars meets a strange green creature which suddenly turns white when he gets close to it. Henry explains – 'That's a chameleon. He can change colour just as he likes.'

En chemin, Plume pose beaucoup de questions à Hippo. Tout est si nouveau pour lui. Les herbes, les fleurs, les arbres, les papillons. Et puis, il y a tant de couleurs! En grimpant dans un arbre, Plume rencontre une drôle de bête verte qui devient blanche tout à coup quand il s'approche d'elle. Hippo lui explique: «C'est un caméléon. Il peut changer de couleur comme il veut.»

13

When they reach the mountain, the air gets cooler and cooler, and Lars feels much better. But poor Henry finds the climbing very tiring, and Lars shows him the best places to put his big feet.

En arrivant dans la montagne, l'air devient de moins en moins chaud, et Plume se sent beaucoup mieux. Le pauvre Hippo, lui, se fatigue en grimpant et Plume lui montre les bons endroits pour poser ses grosses pattes.

'Let's rest here till tomorrow,' says Henry, quite out of breath, as he stops
at the top of a rock. From up there they can see the sea.
Then Lars thinks about his own white country, now so far away.

«Reposons-nous ici jusqu'à demain», dit Hippo, tout essoufflé, en s'arrêtant
en haut d'un rocher. De là où ils sont, ils aperçoivent l'océan.
Alors, Plume pense à son pays tout blanc qui est si loin maintenant.

Next day they climb and climb. Henry is very tired. But suddenly he cries out,
'Look!' A huge bird is coming in over their heads.
It's Marcus, the mountain eagle.
'Don't be afraid, Lars, he's friendly,' says Henry.

Le lendemain, ils grimpent, ils grimpent encore. Hippo est bien fatigué.
Mais tout à coup, il crie: «Attention!» Un gros oiseau arrive au-dessus d'eux.
C'est Dago, l'aigle des montagnes.
«N'aie pas peur, Plume, il est gentil», dit Hippo.

Henry tells Marcus about the adventure Lars has had. The eagle is astonished.
'A little polar bear in Africa? How extraordinary!' But he soon reassures Lars
– 'I will help you. I'll tell my friend Samson about you and get him to come
and fetch you tomorrow from the shore. He'll take you home.' Lars thanks Marcus,
and they and Henry go down to the seashore again.

Hippo raconte à Dago l'aventure de Plume. L'aigle est très étonné: «Un petit ours
polaire, en Afrique? Comme c'est drôle!» Mais il rassure vite Plume: «Je vais
t'aider. Je parlerai de toi à mon ami Orque, et je lui dirai de venir te chercher
demain sur la plage. Il te ramènera chez toi.» Plume remercie Dago et, avec Hippo,
ils redescendent jusqu'à la plage.

17

Next morning Samson the whale comes to collect Lars at the water's edge.
'Get on my back, little bear, I'll take you home, don't worry.' Lars says goodbye
to his two friends and calls out, 'Thanks for everything!' Left alone on the shore,
Henry watches Lars going away on Samson's back. He feels sad.

Le lendemain, Orque, la baleine, vient prendre Plume au bord de l'eau.
«Monte sur mon dos, petit ours, je te ramène chez toi, ne t'inquiète pas.»
Plume dit au revoir à ses deux amis et leur crie: «Merci pour tout!» Hippo reste
seul sur la plage et regarde Plume s'éloigner sur le dos d'Orque. Il est triste.

18

It's not long before Samson is swimming among the ice floes in the cold sea.
Suddenly Lars shouts, 'Daddy, daddy, it's me!' His father wonders
if he's dreaming – he can see the little cub he thought he'd lost coming home
on a whale's back!

Bientôt, Orque arrive au milieu des glaces, dans la mer froide. Tout à coup, Plume
s'écrie: «Papa, papa, c'est moi!» Papa ours se demande s'il ne rêve pas: il voit
son petit ourson qu'il croyait perdu arriver sur le dos d'une baleine!

Days and days he's been looking for him, calling and calling everywhere.
He's tired out, but none the less he goes and catches a big fish to give Samson
as a thank you. Samson is very pleased with the gift. He takes it and off he goes.
'Come on, Lars, let's go home quickly. Your mother will be so glad to see you again!'

Voilà des jours qu'il le cherchait, qu'il l'appelait partout. Il est bien fatigué,
mais il va quand même pêcher un gros poisson pour l'offrir à Orque,
en remerciement. Orque est très content du cadeau. Il le prend et s'en va.
«Allons, Plume, rentrons vite chez nous. Maman sera si heureuse de te retrouver!»

Off goes Lars on his dad's back, just like old times at the North Pole
where everything is white, totally white. Deep in the thick fur, he can hold on
easily. It was so slippery on Henry's back, and on Samson's. Lars feels safe.
Last time they went along here, the father bear told his son all sorts of things.
But now he's listening to his son. His son who has such a lot to tell him.
And Lars tells him about the animals he met and everything he saw, Henry,
the trees, the flowers, Marcus and all the rest. His father is very surprised.
'Then if it's like that, there's no snow down there at all? Nothing white?'
'Well, there was a little chameleon,' answers Lars. 'But he didn't really
count.' And he breaks into a laugh.
His father isn't sure what Lars is laughing at, but he's very glad he's found
his little cub again.

Voilà Plume sur le dos de son papa, comme avant, au pôle Nord, où tout est blanc,
tout blanc. Dans l'épaisse fourrure, c'est facile de se tenir. Sur le dos d'Hippo
et d'Orque, c'était tellement glissant! Plume se sent en sécurité.
La dernière fois qu'ils avaient parcouru ce chemin, papa ours avait expliqué
plein de choses à son petit. Mais cette fois, c'est le papa qui écoute son fils parler.
Son fils qui a tant de choses à lui apprendre. Et Plume lui raconte les animaux
qu'il a rencontrés et tout ce qu'il a vu: Hippo, les arbres, les fleurs, Dago,
et tout le reste. Papa ours est très étonné:
«Alors, comme ça, il n'y a pas de neige du tout, là-bas? Rien n'est blanc?»
Plume lui répond: «Il y avait bien un petit caméléon, mais lui, il ne comptait
pas vraiment.» Et il se met à rire.
Papa ours ne comprend pas très bien ce qui fait rire Plume, mais il est très heureux
d'avoir retrouvé son petit ourson.